Alessandro Gentili

CERCANDO NAZZARENA

Alessandro Gentili

CERCANDO NAZZARENA

La reclusa camaldolese di Roma Fotografie di Domenico Nardozza

Edizioni Sant'Antonio

Cover image: www.ingimage.com

Publisher:
Edizioni Accademiche Italiane
is a trademark of
International Book Market Service Ltd., member of OmniScriptum Publishing Group
17 Meldrum Street, Beau Bassin 71504, Mauritius

Printed at: see last page
ISBN: 978-613-8-39081-7

INDICE

“Cercando Nazarena”

la Reclusa Camaldolese di Roma

Prefazione di Guido Innocenzo Gargano

Roma, Pentecoste 2018

"Carissimo Alessandro,

del tuo libretto su Nazarena mi ha impressionato subito ciò che scrivi nel tuo epilogo a proposito del santuario di Padre Pio a san Giovanni Rotondo: "Bisogna avere del coraggio o dichiararsi atei per tollerare quello sfarzo *diabolico* che conduce alla tomba di san Pio".

Mi succede spesso iniziare dal fondo nella lettura di un libro, ma questa volta quelle tue parole sono state proprio la prospettiva giusta per dire qualcosa di sensato su ciò che appare a tutti gli effetti un <insensato> nella storia di Giulia/Nazarena.

Il mistero di questa donna impossibile era già tutto nella bambina cocciuta e irremovibile di cui parlava sua madre. E davvero bisogna essere stati molto determinati per andare con tanta forza *contro corrente,* come chiedeva papa Francesco ai giovani. Oppure bisognava aver fatto esperienza di una ineffabile *Visione*.

Nazarena non ha fatto in tempo a conoscere papa Francesco, ma la sua scelta paradossale fu davvero il suo personale perdersi nelle periferie dell'umanità dove non conta nulla nessuno e dove non ci sono corridoi tappezzati di soffitti d'oro per mimare l'ingresso in Paradiso prendendo in prestito, con l'illusione di essere più efficaci, lo sfarzo della <*Domus Aurea*> di Nerone, simbolo per antonomasia della mondanità.

Eppure proprio questo si è tentato di vendere come essenza di spiritualità. Non era bastato il tentativo di Costantino di sostituire la Croce umiliante di Cristo con il labaro della vittoria militare, dove la croce si era trasformata in simbolo di trionfo di un Imperatore terreno che sgominava fisicamente i nemici per amore di Cristo.

Ci si era messo di mezzo anche il genio artistico, magari giustificato come opposizione al trionfalismo rinascimentale della cappella Sistina o delle stanze di Raffaello, per ripetere un tradimento terribile giustificato come giusta glorificazione dei santi.

Nazarena aveva nutrito il sogno di chiudersi umiliata e nascosta in una cella della stessa cupola di san Pietro per svergognare con tutta se stessa il tradimento della croce di Cristo da parte della Chiesa al centro stesso del suo appariscente trionfo umano. Dovremmo dire che questa *strana reclusa* nascondeva un cuore rivoluzionario? Comunque il suo era un sogno ingenuo, e per certi versi temerario, non meno del suo continuo desiderio di sparire isolata da tutti in un deserto.

Pietro era stato trascinato, suo malgrado, a testimoniare con tutto se stesso la sequela di Lui, condividendone la crocifissione. Alcuni suoi successori ne avrebbero invece approfittato per affermare il triplice potere in cielo in terra e negli abissi dell'oltretomba, illudendosi di essere più efficaci nel testimoniare Cristo.

Così Padre Pio si era lasciato inchiodare sulla croce col suo Gesù e pestare dai suoi Superiori come sale in un mortaio, ma i suoi cosiddetti <devoti> non si sono astenuti dal glorificarlo in un modo abissalmente diverso dal suo modo di seguire Cristo.

Così va il mondo, perfino quando è ammantato di religiosità.

E ne fu testimone Gesù il Nazareno in prima persona, che lasciò che lo dichiarassero e lo trattassero come un *re di burla* i potenti e i pilotati dai potenti in questo mondo.

Non per nulla Giulia scelse proprio il nome del Nazareno a propria nuova carta di identità. Intendeva lasciarsi conformare totalmente a Lui divenendo ludibrio degli uomini e insensata maschera che attirava su di se il disprezzo di tutti.

La ribellione degli attori di questo tuo geniale pezzo teatrale dice la verità davanti a tutti, nonostante tutto.

C'è forse qualcuno che riesca a capire il mistero della croce di Cristo? No. Ecco perché non c'è neppure nessuno che possa capire la scelta <insensata> di Giulia/Nazarena.

Gesù aveva scelto di essere ultimo, perché a qualunque livello una creatura umana si sentisse ultima, fosse costretta a constatare che di fronte a Lui, ultimo degli ultimi, ogni altro <ultimo> di questo mondo si ritrovasse in ogni caso <penultimo>, così da potersi lasciare spingere dall'autentico <ultimo>, che stava più in basso di tutti, appunto come una pedana di lancio, per permettere a tutti di lanciarsi il più possibile in alto per raggiungere il cielo grazie all'energia ricevuta da Lui.

E' ciò che noi siamo abituati a chiamare miracolo del Mistero di Pasqua. E che i padri antichi sostenevano con estrema chiarezza: "*Se Dio non si fosse fatto uomo, invano l'uomo avrebbe potuto pensare di raggiungere Dio*". Eppure proprio qui sta il miracolo, perché "*Dio si è fatto ultimo perché l'uomo-ultimo diventasse Dio*".

In questi assiomi teologici e spirituali dei Padri della Chiesa credo che ci sia la chiave per avvicinarsi in qualche modo al mistero di Giulia/Nazarena.

La reclusa è colei che ha interiorizzato al massimo il segreto nascosto nella parola *kenōsis,* che noi traduciamo <svuotamento totale> di sé, per immergersi perdutamente nell'amore, infinitamente *kenotico,* di Dio stesso.

Già Evagrio Pontico, uno dei più grandi maestri spirituali del cristianesimo, vissuto nel IV secolo, stabiliva con estrema chiarezza: <*Monaco è colui che si allontana da tutti per essere presente intimamente a tutti*>. E la tradizione millenaria di Camaldoli aveva indicato in colui che viveva <*amore libertatis inclusus*>, cioè nel monaco che sceglieva la strada della *reclusione a vita* in una *cella*, il paradosso cristiano della croce che dimostra sotto un unico segno, appunto quello della croce, fino a che punto può arrivare il peccato, ma anche fino a che punto può arrivare l'amore nella libertà.

Nazarena, con la sua *reclusione*, era pienamente consapevole di questo insegnamento dei nostri padri e delle nostre madri antiche. Per questo la sua scelta provoca un turbamento continuo per chiunque la accosti.

Solo il sapere che possa essere vissuta, e proprio ai nostri tempi, una persona del genere, disturba e non lascia in pace nessuno.

Ma davvero è legittima per un cristiano, discepolo del *Verbo fatto carne*, una scelta di questo tipo? Non è stato forse Gesù stesso a spingerci a stare semplicemente con gli altri e ad agire concretamente in loro favore perché "*qualunque cosa avrete fatto a uno dei fratelli più piccoli lo avrete fatto a me*"?

Verissimo.

Ma appunto di questo si tratta.

E proprio questo leggeva Nazarena nella risposta di Gesù a Pilato: "*Tu lo dici. Io sono re e per questo sono venuto nel mondo, dando testimonianza alla verità. Ma il mio regno non è di questo mondo*".

Ecco, proprio su questo inciampa l'uomo comune che si accontenta di ciò che reclamano la carne e il sangue e non tiene conto dello Spirito per il quale la carne e il sangue sono in grado di vivere.

Senza il grido fortissimo trasmesso dal silenzio assordante di una reclusa radicale come Nazarena, tutti rischiano di smarrirsi nel labirinto di questo nostro mondo. Perfino la Chiesa può finire nell'ambiguità della concorrenza, ritenuta inevitabile perché Dio si è fatto uomo, dimenticandosi di un'altra parola chiarificatrice di Gesù: *"voi siete nel mondo ma non siete del mondo"*.

La prima parte di questo sintetico insegnamento evangelico la mettono in pratica in molti, ma quanto sono pochi coloro che richiamano alla simultaneità della prima e della seconda parte di questo preziosissimo insegnamento di Gesù il Nazareno!

Giulia/Nazarena si è sentita chiamata a testimoniare con tutte le sue forze lo smarrimento della seconda parte di questo insegnamento di Gesù, per ricordare alla Chiesa che essa non è di questo mondo pur vivendo certamente in questo mondo.

Gesù lo aveva già detto a chiare lettere anche a Pietro: "*Simone figlio di Giona ricordati che tutto quello che hai capito di me non è stato frutto di carne e sangue, ma gratuito dono di Dio Padre*".

Da qui l'assoluto primato della preghiera alla quale Nazarena si era dedicata giorno e notte e che coincideva col suo stesso respiro.

Il canto con cui le monache di Sant'Antonio avevano accompagnato gli ultimi attimi di vita terrena di Giulia/Nazarena sintetizzavano bene l'intera vita della loro reclusa e apriva un varco all'interpretazione di un mistero che lasciava intravedere appena appena la soglia di un mondo assolutamente inaccessibile ai profani.

Lo richiamo qui, Alessandro, ma lo avrei suggerito come un canto fuori campo del coro delle monache camaldolesi al termine dell'epilogo del tuo testo.

Per comodità comunque lo trascrivo qui a conclusione di questa breve introduzione che non smetterei mai di sviluppare, perché ripensare a Nazarena, che ho visto sempre solo di spalle, o col velo sul volto, quando gli portavo la Santa Eucarestia, è come scendere in un pozzo di luce senza fondo e scorgere solo da lontano l'acqua limpida in cui si riflette quella stessa immagine di Dio che fu il grande dono originario dell'uomo.

Puoi tu stesso immaginare che tutto questo mi portava ancora: da una parte alle parole dell'evangelista Giovanni. "*Dio nessuno lo ha mia visto*"; dall'altra al comando da Dio a Mosé, che desiderava vedere Dio in volto: "*Mettiti nel cavo della roccia e io passerò davanti a te e quando sarò passato mi vedrai di spalle, perché non è possibile all'uomo vedere il volto di Dio e poi restare in vita*".

Che dico: "*vedere direttamente Dio*"?

Non solo questo è impossibile, ma è impossibile anche vedere il volto di chi è stato visitato dalla luce tremenda di Dio senza esserne accecati.

Per questo Mosè si metteva sempre un velo sul suo volto, coprendolo, quando si rivolgeva agli uomini dopo avere parlato con Dio faccia a faccia, come un amico parla all'amico.

Per questo anche Nazarena restò col volto coperto anche quando le fu fatto dono di incontrarsi col papa, San Paolo VI che tanto la ammirava, avendo sentito spesso parlare di questa eremita reclusa camaldolese del monastero di Sant'Antonio abate sull'Aventino in Roma.

Ma ecco – e concludo - le parole dell'inno che le fu cantato dalle sue monache mentre <sperimentava il *transitus*> da questo mondo al Paradiso sognato:

Canta la sposa i doni dell'Amato

Corre nel campo a cercare Lui

Danza di gioia nell'udire il nome.

Vede l'Assente nel giardino nuovo

Gode all'annunzio della sua missione

Cristo risorto porterà ai fratelli

Eccolo viene a salti per i monti

Eccolo viene a balzi per i colli

Esci sorella corri ad incontrarlo.

Ecco l'inferno è divenuto vuoto

Alzati amica mia bella vieni

Corrimi dietro nel ritorno al Padre.

Godi al banchetto della nuova Pasqua

Entra con Cristo nelle nozze eterne

Vivi l'amore che ti dono il Padre.

Amen Alleluia

LA CELLA

A Roma ci sono novecento chiese che ne fanno la città più popolosa di edifici sacri. Eppure il disincanto con cui i romani convivono da secoli con il papato, ne fa una città laicamente sacralizzata, perplessa di fronte a tanta *sacralità*, basta guardare come si comportano i romani durante le bibliche affluenze o le grandi adunanze dai quattro punti cardinali. Ma accusare i romani di frivolezza perché convivono con tanta sacralità con il tipico atteggiamento romano - vuoi disincanto, vuoi pacata accettazione (basta salire su un bus guidato da un *vero* romano alle prese con pellegrini e turisti per capirlo: "*64?*", chiede il turista al conducente del bus che lo dovrebbe portare a San Pietro: "*Sulla rota de' Roma*", risponde lui chiudendo le porte, sollevando l'umore degli accaldati passeggeri e inducendo al riso anche i turisti che non hanno capito la battuta. Queste scenette, a Roma le puoi trovare ovunque, dal centro storico alla periferia abbandonata ed è forse l'ultimo retaggio di quella bella romanità che portò il cinema americano a Roma nel secondo dopoguerra) - accusarli di frivolezza, dicevo, mi pare non voler capire la storia di Roma, presa e saccheggiata dai tiranni di turno (che è in fondo la storia del nostro paese, della sottomissione abbiamo creato uno stile di vita: Ponte Milvio e i suoi lucchetti ne è l'emblema più vistoso: da Massenzio e Costantino a Federico Moccia, la caduta mi pare conclamata)[1].

Ma il miracolo del Sacro è celato alle masse. Tra cartoline e alveari invivibili, la città offre ancora spazi e storie per pochi iniziati di cui non v'è traccia nelle guide turistiche. Come il cimitero acattolico a Campo Boario, tra la Piramide Cestia e il capolinea della Roma-Lido (dove negli anni sessanta la Roma del dopoguerra invadeva il litorale di Ostia, simbolo di un'epoca fugace e forse sopravvalutata). Dicevamo del cimitero, struggente e romantico museo a cielo aperto, dove sono sepolti Keats e Shelley e dov'è ancora possibile trovare studenti o solitari in cerca di una pausa, di un pensiero, una memoria; o la bocca famelica di via Gregoriana, inaspettata ma compiutamente inserita dietro la classica Trinità dei Monti o il grazioso fazzoletto (piazzetta e stradine) Coppedè, tra fiaba e alchimia. E certi squarci futuristici del profetico quartiere EUR, dove assolate piazze biancheggianti dilatano, nella perfetta squadratura, il surreale progetto architettonico di epoca fascista.

Uno dei quartieri di Roma, che dà nome ad uno dei sette colli, è l'Aventino, dove convergono turisti e sposi presso le celebri abbazie, nel giardino degli aranci o sulla piazza alchemica del Piranesi. Tra sacro e profano, l'Aventino è una nicchia della

1 Rimossi e poi collocati in un polo museale

Roma contemporanea, città-bivacco dove si affollano chiese costruite su altari pagani e mostri di vetro o di cemento, mentre nelle periferie le nuovissime cattedrali del deserto, inutili sprechi della globalizzazione, restano vuote. Il piccolo quartiere è arredato dalle abbazie, case e villini d'epoca novecentesca e parcheggi dove padroneggiano i simboli del benessere. Di sera, via i turisti, restano coppie anziane (che vivono nel quartiere) o giovani (che trovano angoli solitari e un romanticismo non disprezzabile). La leggenda vuole che tutto il colle sarebbe una nave sacra ai Templari, in attesa di salpare verso la Terra Santa. La parte meridionale, che scende verso il Tevere, ed è tagliata come una grande lettera V, sarebbe la prua della nave, mentre la porta d'ingresso della Villa dei Cavalieri di Malta, è l'entrata al cassero del veliero.

Roma! Anno dopo anno siamo costretti ad assistere, impotenti, all'incuria dei sacri tesori per edificare inutili modernità, firmate da nomi di prestigio che hanno, pare, il compito di garantirne la...sacralità. Ahimè, vero quel che diceva Flaiano: l'inaugurazione porta voti, la manutenzione no.

Foto 1 Vista dalla finestra della cella. In fondo, il Palatino. L'anta e la lanterna: la chiusura allo spazio e alla luce del mondo esteriore. L'ultimo, l'unico sguardo.

Comunque, lasciato il roseto comunale alle spalle, sulla salita del Clivo dei Publicii (nome poetico come molte strade di Roma) si apre il cancello del monastero delle monache Camaldolesi. Il sabato pomeriggio si tengono da anni incontri di *lectio divina* tenute dal padre Innocenzo Gargano. Ci veniva pure il grande Vittorio Gassman. Le auto assediano le mura, frotte di turisti caracollano la loro curiosità verso altri siti, la millenaria città ha ben altro da offrire?

Roma è invivibile negli appartamenti. Lo è oggi, ma tanto più lo era nel 1945, quando Julia Crotta (non ancora Nazarena) correva inflessibile e terribile: *Roma città aperta*, dichiarava il film, ed è proprio questo l'aspetto inossidabile e vorrei dire strutturale della città (Roma è …*fuori*. Le vie e le piazze sono esterni degli appartamenti, impossibile vivere rinchiusi, si esce sul pianerottolo di casa e si è magicamente in strada. Ma noi racconteremo un … *dentro*).

(Non trattiamo qui di missionari, di medici senza frontiere, di pastori contro mafia o camorra, giudici che danno la vita per le istituzioni, protezioni civili, vigili del fuoco: congregazioni che attirano la benevolenza e la simpatia del popolo, ahimè ignorante di contemplazione e silenzio. Veggenti, profeti, vittime di espiazione: vite prive di senso a chi non abbia meditato a fondo la *comunione dei santi* che pur professiamo nel *Credo* domenicale).

Foto 2 La finestra della cella vista da Via Clivo dei Publicii.

Non ricordo quando e chi mi parlò di Suor Nazarena. Ha importanza? Nucleo essenziale: Suor Nazarena ha abitato per 45 anni una cella del Monastero S. Antonio Abate, una cella di 4 metri x 5.

Inizio: 1945, 21 novembre (il giorno dopo l'apertura del processo di Norimberga e tre mesi dopo Hiroshima e Nagasaki).

Si noti la curva del *Tempo* che stringe: Giappone 6-9 agosto/ Norimberga-Roma 20-21 novembre. Proust ne ha fatto il marchio di fabbrica nel Tempo Ritrovato, quando riunisce in una *matineè* i protagonisti di quarant'anni anni di storia personale, tutti dentro un appartamento stipato all'inverosimile. Perfino Kubrick nell'allucinato *Shining* ha intuito qualcosa del genere, evidenziando e scandendo i *Tempi* della follia con una serie di avvertimenti: Giorno di chiusura/ Un mese più tardi/ Martedì/ Sabato/ Lunedì/ Mercoledì/ 4PM.

Nei tre mesi del '45, dall'agosto a novembre, troviamo un assemblaggio di terribili *chiusure* e un esplosiva *apertura*. Suor Nazarena pare voglia *chiudere* una Storia e *aprirne* un'altra, di pace e di memorie. (Scriverne è quasi una continuazione, le notizie che arrivano dall'oriente ripropongono la paura e i dubbi con cui viviamo dal 6 agosto del '45 - regrediamo verso il passato, verso gli orrori, con una fedeltà e una volontà che non sfigurerebbe nel *Cuore di tenebra* di Conrad, in quel Congo lagherizzato dai belgi e che profetizza il novecento).

La cella di suor Nazarena? Un'anticamera, un bagnetto e una finestra dalla vista mozzafiato dov'è passata, davanti ai suoi occhi, la Roma dal dopoguerra al 1990, dal bianco e nero al technicolor, da *Roma città aperta* al *Ben Hur* hollywoodiano. Nazarena non è mai uscita se non per una visita oculistica: era già reclusa da vent'anni, ma le monache raccontano che si aggirava per le strade come fosse un'abitudine quotidiana. La monaca che l'accompagnò alla visita la dimenticò in ambulatorio(!) e tornò al Monastero. Solo allora, alle richieste delle consorelle ("*Come è andata con Nazarena*?"), si accorse di averla dimenticata. Suona il campanello. Fuori, in strada, c'è lei, suor Nazarena, s'era fatta accompagnare con l'autostop da un distinto signore. Pagina sublime di una chiamata e una risposta che non ammette deroghe, la semplicità dell'accaduto e del racconto, trasfigura l'episodio come un racconto dei Padri del Deserto.

Siamo andati (la compagnia teatrale che ha provato a mettere in scena la vita di suor Nazarena) al monastero, un lunedì di novembre. C'era aria di tarda estate, piacevole, romantica, struggente. Il feriale romano è l'anticamera del festivo quando il tepore fa sospirare la festa. Alle nove e mezza suoniamo. Il pesante cancello di ferro si apre e si chiude alle nostre spalle e subito cala un improvviso silenzio, separandoci bruscamente dal mondo a cui siamo abituati. Pare d'esser stati liberati dalla schiavitù dell'ordinario. Ma non sono che i primi passi. Un prodigio? Cerchiamo d'essere poco maldestri e ci vien fatto di attendere in una saletta ornata da delicate mani femminili: fiori ben disposti, tovaglia di pizzo, ritratti... Si crede a stento alla sopravvivenza di questi luoghi, di questi ambienti: oggetti e libri magnetizzati dalle mani di queste oranti perpetue. Poi la Badessa ci presenta la nostra guida e c'inoltriamo nei penetrali della clausura. Una scala s'inerpica a chiocciola, una vòlta affrescata, marmi, arazzi, statue e passi che si perdono in corridoi silenziosi: tutto un prezioso arredo che restituisce sapori, racconti, fiabe....non è una fiaba quella di Nazarena? La cella è in fondo ad un salone neo classico che non sfigurerebbe nei gusti di un Mario Praz[2]. Una chiave apre una porta di legno tirata a lucido. Ci lasciamo alle spalle, con violenza, l'ambiente salottiero e ci affolliamo nell' anticamera che precede la cella vera e propria.

Parlare di suor Nazarena è parlare della sua cella, del luogo agognato e trovato dopo venti anni di dolorose peregrinazioni in piena guerra. Stupisce (ma davvero è così?) che mentre infuriava la distruzione e l'incendio dell'Europa, questa donna andasse in giro per le strade di Roma alla disperata ricerca del luogo che il Cielo le aveva assegnato. Mentre il fumo saliva dai crematori, lei saliva la sua via crucis tra carmeli e uffici. La fedeltà alla chiamata veniva infine premiata allorchè trovò pace e silenzio tra le mura antiche delle Camaldolesi, un *hortus conclusus*, curato meglio non si potrebbe, tra vialetti e spiazzi, dov'è ancora possibile passeggiare (siamo al centro di Roma, si noti bene) in un silenzio che rimanda il pensiero ad incontri straordinari, a colloqui straordinari: *"E' l'ora del Vespro... il Signore ti accompagni... più oltre non si può, è clausura...."*

[2] Si confronti la sua casa-museo a via Zanardelli a Roma, visitabile dietro appuntamento, con la cella di Suor Nazarena. Di questa sua opera, Praz ha scritto un libro *La casa della vita* che è un inno come pochi alla vanità umana – la vanità intesa biblicamente secondo quanto dice Qohèlet nel libro chiamato *Ecclesiaste*: quattrocento pagine dove il grande scrittore racconta con dovizia di particolari, con orgoglio malcelato, come è riuscito a raccogliere i preziosi cimeli e suppellettili e chincaglierie e i quadri e i mobili che adornano la sua casa-museo per poi amaramente concludere a fine libro: "...mi vedo divenuto oggetto e rappresentazione io stesso, pezzo da museo tra pezzi da museo, già distaccato e lontano, che come Adamo sul pavimento di marmo graffito della chiesa di San Domenico a Siena, mi son guardato in uno specchio *ardente* convesso, e mi son visto non più grande d'un pugno di polvere."

Non sarà più possibile, crediamo, separare Nazarena dalla sua cella, così povera, così carica di sue memorie, così impregnata dal suo lavoro e dalle sue preghiere: gli occhiali tenuti aperti, gli oggetti da lavoro per confezionare le palme, la ciotola, il cucchiaio, i sandali di legno, i cilici che trasudano ancora penitenze.

Foto 3 Il salone che precede la cella. La porta a destra semi chiusa è quella della cella, sotto lo sguardo della Vergine col Figlio.

Monaca secondo lo spirito, suor Nazarena è stata trovata degna dal Signore di abitare questa cella per tutti i suoi anni di reclusione, come lo furono Macario, Paconio, il grande Antonio, Arsenio, Sincletica e gli altri padri e madri che hanno punteggiato la Tebaide e i deserti egiziani.

Foto 4 La cella coi semplici ed essenziali arredi.

Ora siamo dentro: " *...questa è la cella dove per 45 anni ha vissuto suor Nazarena...* ", dice suor Angela che ha conosciuto Nazarena. Cosa speravamo di vedere? Mi sovvengono le parole di Gesù su Giovanni Battista: "*Che cosa siete andati a vedere nel deserto? Una canna sbattuta dal vento? Che cosa dunque siete andati a vedere? Un uomo avvolto in morbide vesti? Coloro che portano morbide vesti stanno nei palazzi dei re! E allora, che cosa siete andati a vedere? Un profeta? Sì, vi dico, anche più di un profeta.* "

Nazarena si è servita delle cose più semplici e più antiche: la cassapanca di legno con la croce inchiodata in rilievo dove ha dormito, l'unica veste di telo grezzo, un'immagine del Cristo e una statuetta della Vergine, gli arnesi da lavoro, la Bibbia. La povertà, quella vera, quella abbracciata, amata, desiderata, raggiunta, visibile, incute timore e tremore, atterrisce i cinque sensi.

Come qualcuno saprà, c'è una scalata per questo tipo di isolamento dal mondo: la clausura, gli eremiti, i reclusi. La Trappa, i Certosini, sono gli ordini più *duri, rigidi.* Le claustrali vivono comunque in una comunità. L'eremita fugge la società e trova riparo in mezzo ai boschi, lontano dalla pazza folla. Cosa non troppo incredibile, in un mondo peggio ridotto del dopoguerra, queste figure spirituali sono in continuo aumento e le pubblicazioni sono numerose. In rete girano molti video. Si tratta perlopiù di persone di mezza età, uomini e donne, di buona cultura e professionalità.

Foto 5 L'angusto vestibolo. Il saio, unico vestiario, con in alto le chiavi di quel mondo.

Siamo nell'angusta cella, cercando di vedere, di capire, di afferrare un lembo della vita e dei motivi che hanno portato Julia/Nazarena a rinchiudersi per quarantacinque anni in questo ambiente. Ambiente? Nell'ambito della biologia e dell'ecologia, il termine ambiente indica tutto ciò con cui un essere vivente entra in contatto influenzandone (in maniera positiva o negativa) il ciclo vitale. Habitat, definisce una soluzione per vivere dignitosamente. Ebbene, la definizione enciclopedica calza perfettamente per lei. La monaca spiega, mostra, indica: *"Lei sedeva lì, sul banchetto, intagliava palme, aveva la Bibbia sempre aperta davanti a sé, niente luce dentro, solo il lume della strada quando crepuscolava....ero qui quando è morta, l'abbiamo adagiata su quella sedia di vimini, prima non c'era..."*.

La storia di Nazarena è storia di una persona toccata prepotentemente da un Altro, invisibile e presente, a cui lei si concede irreversibilmente. Sorpresa e impreparata, Julia tenta di capire ma è in ritardo sulle iniziative dell'Altro che reclamano il deserto. L'azione dell'invisibile la libera subito dai vincoli della parentela e dell'ambiente, la spoglia e la inoltra in una strada imprevedibile per cancellare tutto il resto. Julia si trova in fuga dalla propria memoria e cessa di ricordare. E' condotta al passo estremo, di consegnare la propria persona a una Seconda che detta condizioni implacabili (*"Il deserto, Julia, il deserto! Cosa fai in questo monastero?!"*, le disse la Sacra Voce durante la sua inutile permanenza dalla carmelitane). Alla scomparsa dell'io, Julia (non ancora Nazarena) affoga in un fuoco divorante dove dissolve sè stessa. Ma è solo una preparazione. Inizia il suo essere nulla per essere tutto. I termini della chiamata comportano che sparisca. Sul suo orizzonte, umano e spirituale, non spuntò mai l'idea di un pubblico di lettori. Stiamo quindi facendo una sorta di violenza. Ci perdonerà?

I grandi reclusi della letteratura: Emily Dickinson ad Amherst, Marcel Proust al Boulevard Houssmann, Djuna Barnes al Greenwich Village. Oppure Salinger/Holden? perduto nei boschi vicino Cornish, recluso dal 1980 al 2010, anno della sua morte. Ma il giovane Holden sopravvive ancora come il narratore proustiano (cioè loro stessi, in questo miserabile tentativo di trovare un pizzico d'immortalità nell'opera d'arte. Ahimè, i libri, le opere in generale, non possono consolare gli autori che non sono più). Ognuno di loro cercava Qualcosa/Qualcuno. Lo hanno trovato? Proust cercava il *Tempo Passato* e pare lo abbia ritrovato nell'opera d'arte. Emily cercava se stessa nell'ascolto. Stupenda la sua ultima lettera/biglietto a pochi giorni dalla morte "*Richiamata*". Quasi un tornare a casa. La sconosciuta Djuna si è rinchiusa al Greenwich *come una trappista*. La sua arte finissima scova i luoghi più disparati per cercare l'orrore del mondo, la salvezza non voluta, la salvezza desiderata. Rare le sue foto, di Emily se ne conoscono un paio,

Marcel, pare gongolasse dinanzi alla macchina fotografica…foto di suor Nazarena? Pochissime, sfocate.

Suor Nazarena s'è immolata per la Chiesa e il Mondo, sacrificio vivente, tanto da giungere a chiedere di voler stare da sola in una cella sulla cupola di San Pietro per pregare su tutto e tutti. Ha adempiuto l'*opus Dei*, lasciando che il suo corpo bruciasse d'Amore in quello spazio ristretto. Un'esplosione (spirituale) che ha bilanciato Hiroshima e Nagasaki? Bisognerebbe partire da qui per capire Nazarena. Ma chi di noi ha capito Hiroshima se perfino oggi siamo quasi allo stesso punto? Ecco perché Nazarena è attuale, terribilmente attuale, perché esemplifica in maniera esaustiva la tragedia dell'Uomo.

Spingiamoci oltre: un'esplosione nucleare, il Big Bang, con cui Dio ha creato il mondo? Un'altra quando il serpente ha indotto l'Uomo e la Donna a cadere nel peccato? E' azzardato immaginare, persone come Nazarena che, con la stessa incomprensibile violenza, *esplodono* per ridare luce e speranza al Mondo?

La visita alla cella finisce dopo un'ora, quando usciamo fuori, al sole, risucchiati dal lunedì lavorativo, e ci troviamo con le prime briciole di Nazarena. Balbettiamo emozioni. Vi fu chi dovette ammettere di essere stato risucchiato in quella storia senza senso, una vera follia, una patologia d'esaltazione, una pazza ignota ("*Chi vorrebbe conoscerla?*"). Il gruppo si divise: tornò a casa o andò al Cimitero di Prima Porta dove era sepolta. La Badessa ci disse che era vicino al Cimitero Ebraico. Una città sterminata, ma lei si lasciò trovare.

Foto 6 Gli zoccoli di legno, come di legno i mobili (la vita nascosta a Nazareth, Gesù il Nazareno, Suor Nazarena)

Se si visita la cella al crepuscolo, mentre dalla Chiesa grande giungono i salmi del Vespro, si giungerà a credere che colei che l'abitò, fosse già un'anima liberata dal corpo. *Vita mutatur non tollitur*, dice il prefazio dei defunti. Ma anche a Julia, divenuta suor Nazarena, si possono applicare queste parole. Le ombre della sera fluiscono e riveriscono. Tutto questo apparirà privo di senso a chi non abbia familiarità con la contemplazione. Suor Nazarena ha ubbidito a questo atto libero, proiettando la sua persona nell'eterno. Nazarena ha celebrato la Divina Liturgia dell'immolazione: dove al salmodiare notturno, alternava il duro lavoro quotidiano (anche dieci ore al giorno), cibandosi di acqua, pane e vegetali, dormendo su una cassapanca, tacendo, dalla presa d'abito fino alla consumazione di sé.

Sono andato una domenica a prender Messa (come si usava dire) al monastero delle Tre Fontane dove i monaci trappisti cistercensi tengono ancora aperta l'Abbazia. Sono entrato nell'austera, buia e crepuscolare (nonostante il mattino) chiesa Romanica. Una grata impedisce ai fedeli di accedere alla parte della chiesa vicino all'altare. Mi siedo accanto ad altri in attesa. Un lento strisciare di passi, ed ecco un monaco aprire la porta della grata. Dalla clausura escono i monaci: pare una processione di anime. I monaci riveriscono l'altare maggiore e prendono posizione negli stalli. Entra l'Abate, una figura ammantata di bianco e di rosso (era Pentecoste). La funzione dura settantacinque minuti e solo cinque l'omelia. Tutto il resto è purissima liturgia, quasi tutta in latino. Una liturgia lenta, inesorabile, ammantata di pura bellezza.

Foto 7 Inginocchiatoio.

Suor Nazarena rimane giovanissima. Alla suora che, accostandosi a lei chiedendo un pensiero, dopo quarantatre anni di reclusione, rispose che, appena fosse uscita, avrebbe iniziato *veramente* la reclusione. Una frase umile che ci ricorda come ogni giorno dobbiamo alzarci e riprendere il cammino sulla via della santità.

E' un lettore e uno spettatore attento che è chiamato ad accostarsi a suor Nazarena. I libri pubblicati e la sua cella, possono fornire un quadro abbastanza completo sulla vita di Nazarena. Dunque: estrema attenzione durante la visita e le letture. Entrambe, vissute come un privilegio.

In un tempo in cui l'uomo, risucchiato da forze oscure e tenebrose, si accapiglia a distruggere la *Vita*, è consigliabile per gli spiriti affranti, incontrare e frequentare figure come Nazarena? L'intimità col divino, che la vicenda di Nazarena suggerisce, è tale da incutere timore e tremore: meglio dunque ancorarsi alla Messa parrocchiale, tra prove di canto, e un salutare *fare* che tiene lontani dal raccoglimento, dal silenzio, dalla preghiera? Non è facile, certo. Ma si provi ad uscire da questa superficiale adesione alla fede e ad inoltrarsi nel difficile ed irto sentiero della contemplazione, del digiuno, della penitenza, della vera preghiera. Subito si verrà additati come... strani, esagerati e, infine, isolati. I testimoni di questa altra vita spirituale si nascondono, evitano non solo di farsi vedere, ma di raccontare la propria esperienza.

Ma senza la presenza di questi testimoni, il mondo crollerebbe (dialogo tra Dio e Abramo sulle sorti di Sodoma).

Sempre più difficile l'Imitazione di Cristo, è vero. Ma Dio ne sa più di noi se in qualche remota cella, in appartamenti sconosciuti, in piccoli monti Athos del nostro mondo, una reclusa o un gruppo di oranti si riuniscono e si inginocchiano ogni giorno dinanzi al SS. Sacramento e credono nel valore del sacrificio e della preghiera. Nazarena è splendore necessario, più necessario dell'utile. La sua vita è regolata dalla liturgia cristiana, secondo il modello di Maria di Betania (Gv, 12) che versò il profumo sulla testa e sui piedi del Signore. Per questo *spreco* il Signore s'innamorò di lei. Solo il pratico Giuda non capì nulla. Probabilmente accadrà anche ai superficiali che incontreranno la vicenda di Nazarena: "*A che è servito?*".

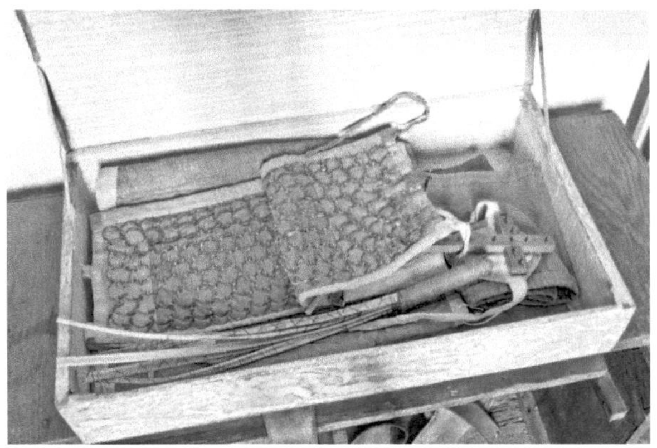

Foto 8 Le "penitenze" .

Lo stile dei reclusi è pura assenza di fatti: non lasciano né detti né opere, ma un'esperienza. Alle urla di un mondo atrocemente in guerra con sé stesso, il recluso oppone silenzio e nascondimento. Suor Nazarena appare oggi come la vera vivente in una città, come Roma, pietrificata nella storia e nei libri e annientata da una bellezza che non esiste più. Come si fa a ricostruire la sua vita da reclusa?

Tutta la sua vita appare come un rapimento.

Leggere Nazarena vuol dire resistere.

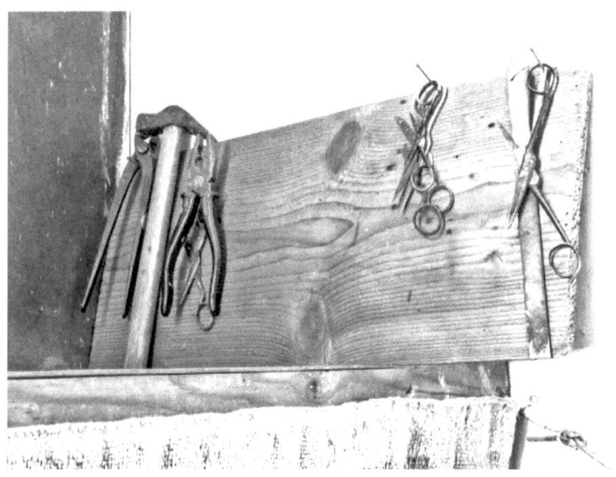

Foto 9 Gli attrezzi del lavoro.

La sua regola, l'autobiografia, le lettere, i commenti, possono senz'altro aprire la strada. Tuttavia crediamo, come il finale teatrale evidenzia, che Nazarena gradirebbe averci vicino con quel *silentium* che ha costellato la sua immensa avventura spirituale. Davanti a Nazarena si può solo tacere e pregare.

Non avrei osato scrivere su Nazarena in queste poche pagine, se non fossero che appunti riordinati, capannello di ricordi del periodo in cui provammo il testo teatrale che leggerete tra poco. Così pensata e scritta, la vicenda di Nazarena ci ha costretti a fermarci e a ritornare, più e più volte, alla sua cella, toccando il letto di legno con la Croce inchiodata, sfiorando i suoi cilici, i mobili, il saio. Il deserto che lei cercava dentro di sé, noi lo attraversiamo tutti i giorni, nelle strade affollate e trafficate, tra le luci che ammiccano, tra compere e affanni del quotidiano. Oggi la reclusione forzata si trova nei grandi centri commerciali. Questi agglomerati ultra-moderni dove sei obbligato, una volta entrati, a percorrere tutto l'interno, labirinto senza mitologiche figure: senza il Minotauro, sfilano ordinati, come soldatini, intere famiglie, anziani, borghesi ed operai, bambini che non hanno mai giocato, non hanno mai guardato un mutare di stagione, mai celebrato una curiosità, sperduti e vaganti come anime in attesa del Caronte traghettatore. Il demonio del consumo, che tutti tengono in mano, onnipresente, lo trovi dappertutto: dalla scuola materna all'estrema unzione.

Un racconto yiddish parla di un vecchissimo patriarca sul letto di morte che ha sistemato tutta la sua numerosa famiglia in un iper-negozio. Radunatisi tutti intorno al suo letto di morte, il patriarca ha un ultimo guizzo di vita e guarda i suoi parenti. Poi, preoccupato, esclama: "*E in negozio chi ci sta?*".

Giorno dopo giorno assistiamo alla danza macabra di questo *trionfo della morte*: releghiamo i classici negli scatoloni o nelle librerie dove si accumula polvere, sempre disponibili a correre e mettersi in fila per l'ultimo acquisto, che non è l'ultimo, bensì il penultimo. Il popolo è stato ben istruito. Gli sono stati assegnati tempi e luoghi del suo coercitivo pellegrinaggio. Questa catastrofe ha origine in un antico giardino, in un'antica terra: Caino, dopo il delitto, non si pente, ma edifica città. Peccato, la vita è più profonda di un banale consumo. Ma la Grazia non si dimentica dei veri cercatori, se lungo i nostri deserti ci ha fatto incontrare una persona come Nazarena.

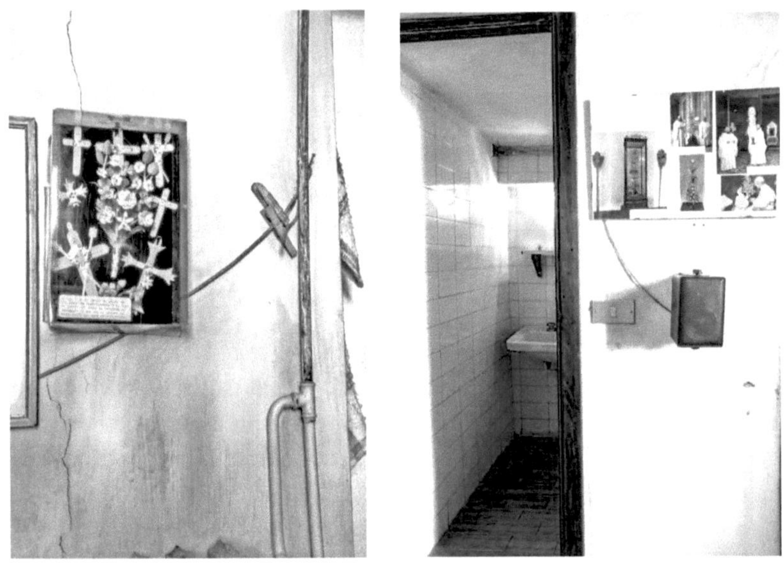

Foto 10 Il bagnetto con ai lati i suoi lavori con le palme intrecciate.

IL TEATRO

Si apre il sipario.

Uno sgabuzzino fatiscente, maleodorante, ingombro di cartacce, strofinacci, fiori andati a male, mobilacci, polvere. Un tanfo nauseabondo, di pareti umide. Chiuso per tutta la durata della guerra. Un luogo abbandonato del Monastero. Forse qualche ricercato ha trovato rifugio, durante i rastrellamenti. La mamma di Julia/Nazarena compare in questo luogo in un momento imprecisato del secondo dopoguerra. E' la tipica donna americana di mezza età di quegli anni. In un angolo, una sedia a dondolo, un quadro di una crocifissione di mediocre fattura ma con bei colori e un'inquadratura che attira lo sguardo. La mamma ha con sé la sporta della spesa e l'album di foto di famiglia che sfoglia con aria nostalgica e melodrammatica. Durante il monologo, le scappano lacrime da mamma chioccia. Una vecchia lampadina pende dal soffitto. Alcune candele accese. Penombra. La signora Crotta si lascia andare sulla sedia a dondolo (la usava pure Henry Fonda in "Sfida Infernale", è quel tipo lì, proprio la sedia giusta per questa donna), sfogliando l'album di foto :

"C'era una volta Julia....(*richiude l'album con uno scatto...nervoso?*) Julia ha iniziato a camminare a sette mesi. Le sorelle non volevano crederci, dicevano che era impossibile. E invece è stato proprio così. Julia era seduta in terra. Non stava mai in culla e la mettevo sempre sul pavimento. Quel giorno giocava con dei coperchi. A un tratto la vidi in piedi e con i coperchi in mano si mise a camminare verso di me, che stavo in cucina. Vedo ancora i suoi occhi grandi grandi, le braccia aperte come una ballerina, la vedo camminare con passo sicuro. Pareva una piccola giraffa. Julia poi mi disse di aver sentito dentro di lei un impulso, come: *Alzati e cammina*..... Questo è il primo ricordo che ho di Julia. Poi un altro. Un giorno volevo obbligarla a chiedere perdono per una mancanza. Julia non voleva ubbidirmi. Sapevo che la punizione più grande per lei era di toglierle il mangiare e allora la minacciai di mandarla a letto senza cena. Infatti non le diedi la cena. Andò a letto. Tornai due o tre volte per cercare di farmi ubbidire ma lei niente, cocciuta, non ne voleva sapere. Cedetti io, più tardi, di notte, le portai un vassoio con la cena. Niente da fare. "Mangia!", le dicevo. Silenzio. Allora mi misi a piangere e lei accettò di mangiare. Io uscii e non feci mai più minacce del genere. Non voleva ubbidire. Mangiava sempre, Julia. Era proprio affamata. Finiva i dolcetti che nascondevo. Le piaceva studiare ed è stata una brava pianista. Incuteva rispetto ai suoi compagni di gioco che smettevano di dire cose sconce quando arrivava lei.... Julia.... Poi andò a New York, noi, cioè io e mio marito, eravamo già anziani. Poi tornò a casa. Poi andò all'università. Aveva del talento nella musica ma lei, lei non ci badava. ....Nel 1934, durante le vacanze pasquali, le accadde *qualcosa* che non mi ha mai voluto dire. Ma da lì, non fu più la stessa. Poi si mise a fare penitenze, tornò a New York, poi prese un biglietto per l'Italia, per Roma. Beh ci mettemmo tutti a piangere, altro che! La mattina dopo se ne andò... un giorno come un altro, così...la gente a fare la spesa, coi giornali, il pranzo da preparare, pioveva... Col biglietto salì su una nave e non la rividi più. Questa era mia figlia.......Suor Nazarena? Non ne so nulla."

La madre esce, irritata, sconclusionata, portando con se il ricordo di Julia.

Entrano la Badessa e tre monache. Una di queste starà sempre zitta, nascosta dietro un cumulo di roba vecchia, una specie di scopa buttata là in mezzo (come usava dire Bernadette Soubirous, la veggente di Lourdes).

SUOR ANGELA

"Ha mangiato?"

BADESSA

" Sì, cara. Grazie."

SUOR ANGELA

" Cosa le hanno detto?"

BADESSA

"Siamo noi che dobbiamo decidere.. Comunque qualche perplessità... beh, sa com'è.... Dove avete trovato quel cibo? "

SUOR LUCIA

"Nella dispensa,e anche dei sacchetti di legumi. Un pò ammuffiti, ma cotti non se ne accorgerà nessuna. Per due o tre giorni avremo da mangiare."

SUOR ANGELA

"Non ci crederà....Abbiamo trovato dell'olio!"

BADESSA

"Dai... E dove stava?"

SUOR ANGELA

"Sotto il letto della cella due. Quella chiusa."

BADESSA
"La due?... "

SUOR ANGELA

"Suor Imelda. Si ricorda?

BADESSA

"Imelda...."

SUOR ANGELA

" I genitori avevano un negozio di alimentari a Campo Marzio. Poi anche loro....e il negozio...i ragazzi....tutti spariti..."

BADESSA

" Venga qui....mettiamo in ordine....

SUOR ANGELA

"Questa allora sarà la cella dove starà Julia. Beh, lo spazio è quello che è....quello che vuole Julia."

SUOR LUCIA

" Dice che è pure troppo grande."

SUOR ANGELA

" Già....E' proprio da Julia."

BADESSA

"Che altro avete trovato?"

SUOR LUCIA

"L'armadio, una vetrina, lo sgabellino ."

BADESSA
"Sedie?"

SUOR LUCIA

"Non vuole sedie."

BADESSA

" Non oso chiedervi dove avete preso tutta questa roba..."

SUOR ANGELA

"Ah, Madre mia, manca il letto."

BADESSA

"Il letto?....vedremo la regola che ha scritto Julia."

SUOR ANGELA

"C'è poco da vedere. Lo ha pure disegnato. Una cassapanca di legno con una croce inchiodata sopra. Niente cuscino. Solo coperte."

BADESSA

"Avanti così."

SUOR LUCIA

"Però il falegname lo abbiamo trovato."

SUOR ANGELA

"Il figlio di Giavitto. Sa, quello con i figli....spariti pure loro. Lui si è nascosto in Vaticano."

BADESSA

" Padre Giovanni è arrivato?"

Padre Giovanni è il direttore spirituale di Julia.

SUOR LUCIA

"Lo stiamo rifocillando."

BADESSA

" Con cosa?"

SUOR LUCIA

"Col niente...un pò di minestra ."

BADESSA

"Cara, la guerra è finita da pochi mesi. "

SUOR ANGELA

"Non mangia quasi nessuno a Roma..."

BADESSA

" Solo a Roma?"

SUOR ANGELA

"E' pure inverno..."

BADESSA

"Mi ha scritto una Madre da Tubinga. Mangiano un giorno sì un giorno no."

SUOR LUCIA

"Beh, loro se lo meritano, dopo tutto."

BADESSA

"Davvero? Lei dice? Non ci avevo pensato... Già, loro...Cara, dopo tutto c'è solo il Signore."

SUOR ANGELA

"In America sicuramente stanno meglio di noi. Ho provato a dire due parole a Julia, la guerra, i suoi soldati...stava lì a guardarmi, a fissarmi. Pare quasi che non ci sia stata la guerra, per lei. Julia mi mette sempre in imbarazzo... beh, sono stati gli americani che ci hanno liberato....dopotutto."

SUOR LUCIA

" E' proprio Julia."

BADESSA

" Venite qua...

Vanno alla finestra, una vista mozzafiato: la Roma pagana, che ha ripreso vigore in questi tempi.

.... Vedete quella gente fuori delle mura del monastero? Quei vecchi? E quel gruppo di ragazzini? Laggiù, il Palatino, il Circo Massimo e poi il Tevere, Ponte Rotto, l'Isola Tiberina. Devono stare tutti e tutto qui dentro. E non sto parlando della guerra. Dobbiamo farcene carico nella nostra vita claustrale. Anzi, arrivo a pensare che le sorti del mondo, là fuori, dipendano anche da noi, dal tipo di vita che abbiamo scelto, dalle nostre preghiere.... Ma forse è orgoglio?.... "

SUOR LUCIA

" Vabbè... Per il letto?"

BADESSA

"Vedremo, lo faremo costruire da quel falegname. Giavitto. Lo faccia chiamare. Intanto mandi qui Padre Giovanni, appena avrà finito la scorpacciata."

Suor Angela s'inginocchia dinanzi al quadro del Cristo Crocifisso.

SUOR ANGELA

" Signore Gesù, ti affidiamo la vita di Julia. Custodiscila secondo i tuoi voleri. Aiutaci a capirla...perchè non è facile. Signore, io fatico a comprenderla, ma se ci sei Tu a guidarci, sarà più facile. Confidiamo in Te, Signore. Aiutami a fare silenzio su lei. "

Le monache escono in fila indiana, come un trenino.

Si affaccia Padre Giovanni, il direttore spirituale di Julia che non è ancora Nazarena. (Il Padre lascerà presto la direzione spirituale di Julia, sfinito ed incredulo dalla vocazione di lei).

PADRE

"Madre?"

BADESSA

"Buon giorno, Padre mio."

PADRE

"Dove sta Julia ? L'ho cercata...."

BADESSA

"In Chiesa, nel Coro."

PADRE

"Già....E ....cosa dice? "

BADESSA

"Mah, vuole andare in Palestina. "

PADRE

"Ancora?....ma, insomma, il suo posto è qui. Avete accettato di prenderla...benedetta ragazza... pensavo fosse un argomento chiuso. Bisogna che si tolga quest'idea dalla testa... "

BADESSA

"Ha mangiato?"

PADRE

"Grazie, sì...so che siete in paurose ristrettezze. Quella minestra di oggi è stato un miracolo. Ho chiesto di darvi qualcosa alla Segreteria di Stato. Monsignor Montini ha promesso di aiutarvi. Ma non sarà facile. C'è un mondo da sfamare. L'inverno sarà lungo, freddo... e molto povero."

BADESSA

"La gente pensa che noi qui ce la passiamo bene."

PADRE

"Bah, li lasci pensare quello che vogliono."

BADESSA

" Cosa gli ha detto a proposito di Julia?"

PADRE

"Che da mille anni, qui a Roma, non c'è stata una sola persona che voglia dare testimonianza a Gesù Cristo come vuol fare Julia...ecco cosa ho detto..."

BADESSA

"E lui?"

PADRE

" Oremus. Che altro poteva dire? Perfino io faccio fatica a parlare di Julia. Vede questo?.... Mi sono arreso."

Ma quell'oremus è stato buttato via, una parola come altre.

MADRE

" Preghi anche per noi. Ne abbiamo bisogno. Siamo felici di avere Julia con noi ma...."

PADRE

" In Palestina no, eh!... Julia troverà pace qui. E forse anche io.... "

Questo è il problema di Padre Giovanni: trovare lui, la pace. Badessa e il Padre escono comunque nel chiacchiericcio di un'amicizia saldata e scaldata da Julia.

Entra il cognato di Julia. Col bastone in mano, si muove a passo di rock, sulle note di Elvis. Strascica un italiano maccheronico e vagamente turistico. Bella presenza. Porta un cappello che gli dona molto e un bastone.

"Sono venuto qui al monastero nel 62 o 63?Boh, non ricordo. Kennedy era ancora vivo, però. Il Kennedy mondiale. Ero venuto dall'America per avvertire Julia che erano morte la mamma e la sorella... Rose. Ah! io sono il cognato di Julia. Sono americano. Non sono mica tanto credente. Però Julia....non mi dà pace ....la chiamano la reclusa qui....Un giorno se n'è andata, laggiù da noi, nel Connecticut, ha salutato tutti ed è partita e non l'abbiamo più rivista...Non sono riuscito a parlarci ancora. Sono rimasto a Roma per due giorni. La mattina venivo qui al Monastero e stavo fino a sera nella speranza di vederla. Neanche pensavo a mangiare. Stavo sempre nella cappella e quando Julia scendeva, la sera, mi mettevo da parte per vederla meglio mentre le portavano la Comunione. Ma a parlarci, non ci fu verso. Erano quasi trent'anni che era andata via di casa e nessuno l'aveva rivista. E' partita, è salita sulla nave col biglietto. E' passata una guerra mondiale. Il mondo bruciato. Noi in America e lei a Roma. Chiusa nella sua cella. Non ci capisco niente. No, non voglio capire. Non è che non voglio, non posso. Non riesco. A casa, laggiù in America, mi parlavano sempre di questa parente qui...ma io mica ascoltavo, col lavoro che facevo, arrivavo a casa la sera dalla fabbrica, i turni, pure di notte, i figli piccoli che strillavano.... non avevo voglia di stare a sentire chiacchiere su una cognata che prega tutto il santo giorno. Un uomo ha pure il diritto di tornare a casa la sera e stravaccarsi sul divano prima di cenare...Io poi la sera....vabbè... Non me l'hanno fatta vedere, le monache, ma mi hanno detto che è un buco, uno sgabuzzino. La sua cella intendo. Chiusa lì dentro da vent'anni. Certo, sapevamo che era qui, lo sapevano tutti, laggiù nel Connecticut. La cognata romana. Poi venni a sapere che le dissero di me.. che ero stato qui e della mamma e della sorella, Rose, la sua preferita, ed era scoppiata a piangere. Ecco,questo mi ha consolato molto. Mi ha messo l'anima in pace. M'è uscita fuori perfino una preghiera. Voleva dire che si ricordava di noi, della famiglia. Io però cercavo Julia, non suor Nazarena.... Neanche sapevo di chi parlavano quando mi dicevano: ah, lei cerca suor Nazarena....Chi potrà mai essere Nazarena?"

Il tipo esce. Ritornerà a casa, alla sua America. Tra un pò Kennedy verrà ucciso. La storia inghiotte tutto, foglie secche spazzate via dagli anni, dalla memoria. Le uniche tracce sono notizie nei libri.

Rientrano Padre Giovanni e la Badessa. Subito dopo le monache. C'è pure quella che tace.

SUOR LUCIA

"Padre, ecco qui la regola che Julia ha scritto."

PADRE

"L'avete letta?"

BADESSA

"Certo."

MONACA 3

"Anche io." (*questa è quella che tace)*

PADRE

"Beh, cosa ne pensate?"

BADESSA

"Dica lei, suor Irma."

SUOR LUCIA

"Guardi, io credo che è veramente difficile metterla in pratica. A me spaventa pure. Ma Julia?....Che ne sappiamo? Ogni volta che parliamo di Julia, facciamo solo domande, domande, domande... L'ultima cosa che penso prima di addormentarmi è Julia. Mi segue pure nel sonno. E appena apro gli occhi, zacchete, eccola lì, con quel sorriso incredibile, quella testa ritta, quelle lunghe falcate quando cammina."

SUOR ANGELA

" L'avete mai vista camminare? Pare una giraffa. "

PADRE

" Nessuno riuscirà a capirla, anzi, la bolleranno. Vedrà, il mondo non la capirà, verrà additata come una malata, una psicopatica, vomiteranno diagnosi, sarà considerata una pazza...una pazzia questa scelta. E le confesso, Madre, che talvolta anche a me pare così. Faccio peccato solo a pensarlo. E invece...."

BADESSA

"Invece....?"

PADRE

" *(legge la regola che ha scritto Julia)* "....Dovrà restare sempre separata dalla comunità e dalle singole monache, in cella appartata, alla quale nessuno possa mai accedere.... Sarà cura particolare dell'eremita non incontrarsi mai con la comunità o con le singole monache....Il vitto sarà costituito da pane, acqua e un cucchiaino d'olio al mattino. Pane, acqua, frutta, legumi, erbe, radici a mezzogiorno e sera. Le sarà lasciato alla porta della cella. Il letto sarà costituito da una semplice e rozza tavola di legno, senza pagliericcio o materasso, con le sole coperte necessarie.....l'eremita sarà in monastero come se non ci fosse, quasi ignorata da tutte, perfettamente estranea a tutto e a tutte."

SUOR ANGELA

"Ho conosciuto un'eremita prima della guerra ...."

PADRE

" L'eremita vive lontano da tutti, isolato, per vederlo e incontrarlo occorre andarci, mettersi in cammino e sapere che c'è, prima di tutto. E non tutti lo sanno. Ma una reclusa nel cuore di una città! La reclusa è sotto gli occhi di tutti, ma nessuno la può vedere. Si sa che c'è. L'eremita cerca il deserto, il recluso costruisce il deserto nel cuore del villaggio, della città; un deserto che tutti possono vedere...."

SUOR ANGELA

" Hanno suonato alla porta. "

SUOR LUCIA

"E' quel falegname....Giavitto."

BADESSA

"Fatelo venire. Padre Giovanni sta per andare via. "

SUOR LUCIA

"Va bene."

Esce.

PADRE

".... Reclusi sì, ma visibili, esposti, nascosti e tuttavia visibili, ombre dietro le tende della finestra. I reclusi vivono nel cuore della comunità. L'eremita è lontano dagli occhi di tutti ma, volendo, è alla portata di tutti, in fondo. Mi parlava della regola?....L'ho mitigata. Quella che aveva scritto Julia, era ancora più severa "

BADESSA

" La farà vedere al Santo Padre?"

PADRE

"Sì, abbiamo un'udienza."

BADESSA

"Cosa pensa che dirà?"

PADRE

"Mah, niente di speciale, l'approverà. Pio XII è un contemplativo, gli piacerà."

BADESSA

"Allora ha parlato con Julia?"

PADRE

"Non ancora."

BADESSA

"Andiamo a cercarla."

PADRE

" Va bene, andrò a parlarci. "

Il Padre esce con la Badessa.

Rientrano le monache col falegname. Giavitto è un romano d'altri tempi, sornione, felino ma simpatico e generoso.

GIAVITTO

"Questa è la stanza?"

SUOR LUCIA

"La cella."

GIAVITTO

"La cella, certo..."

SUOR ANGELA

"E' questa."

GIAVITTO

"Vabbè....Che serve?"

SUOR LUCIA

"Tutto."

SUOR ANGELA

"Quello che ha chiesto Giulia, suor Irma."

SUOR LUCIA

"Certamente. "

GIAVITTO

"Scusi sa, tutto che?! il tavolo per mangiare? Il letto? L'armadio....una bella libreria in noce....un salottino...."

SUOR ANGELA

"Madre, qui tocca spiegare meglio al dottor Giavitto..."

GIAVITTO

"Giuseppe, sor monaca, ma al baretto sotto casa sò Pino, se preferite. Vabbè, che dovemo da fà?"

SUOR ANGELA

"Un letto...."

GIAVITTO

"Ah, ecco..."

SUOR LUCIA

"Non proprio un letto...."

GIAVITTO

"Certo che no."

SUOR ANGELA

"Una cassapanca che funge da letto. Non liscia, però..."

GIAVITTO

"Grezza."

SUOR LUCIA

"Con le assicelle, dico. E una croce sopra, in rilievo."

GIAVITTO

" In rilievo."

SUOR ANGELA

"Misure standard, capisce?"

GIAVITTO

"Facciamo tutto. Che altro?"

SUOR LUCIA

"Porta la cassa...il letto. Il resto, forse, lo abbiamo noi."

SUOR ANGELA

"Presto però."

GIAVITTO

" Subito. Va bene?"

SUOR LUCIA

"Quando la può portare?"

GIAVITTO

"Domani è tardi?"

SUOR ANGELA

"Bravo. Per favore, sia discreto."

GIAVITTO

"Lei pensa che con tutto quello che è successo, qualcuno possa dire...AH...?"

SUOR LUCIA
"Allora possiamo dire che domani porterà il letto?"

GIAVITTO

"La cassapanca.... sì."

SUOR LUCIA

"Informerò Julia. Ne sarà felice."

SUOR ANGELA

"Come va a casa?"

GIAVITTO

"A casa mia? Come va? E non lo so come va...Bene....forse. Ci riprenderemo..."

SUOR ANGELA

"...qualcuno... è ...tornato?"

GIAVITTO

"Era solo un modo di dire."

SUOR LUCIA

"L'aspettiamo domani. Ma pregheremo per lei."

Giavitto esce, assai poco convinto. La guerra l'ha marchiato. Resta sulla soglia Suor Lucia, pensa su, poi torna sui suoi passi e ci racconta quel che segue:

SUOR LUCIA

" Ho parlato con Suor Nazarena, ho sentito la sua voce un giorno, nel 1988. Non ci avevo mai parlato, nessuna di noi, mica solo io. Era già 43 anni che era reclusa. Noi la chiamavano così: la reclusa. Le chiesi di scrivermi un pensiero, ma lei non volle perchè diceva che la sua vocazione non era di andare all'esterno, ma di andare al deserto, dentro di lei, il suo deserto. Ma non è questo che mi ha lasciato un segno. E' quello che disse alla fine quando stavo per uscire. Stavo per uscire, era già un bel pò che stavo lì. Mi disse che quella era l'ultima volta che potevo venire da lei perchè voleva cominciare finalmente la sua vita di reclusa, che il suo unico desiderio era di consacrarsi al Solo necessario, che quella era proprio l'ultima volta che poteva parlare con me. Non ci sarebbe stata altra occasione. Capite? Erano già 43 anni che era lì dentro, e doveva ancora iniziare il suo cammino...43 anni! e doveva ancora iniziare!!!Mi disse proprio così: appena lei esce ...io comincio la reclusione.... Una cosa che non scorderò mai. Io non ho mai conosciuta Julia. Solo suor Nazarena. Neanche m'immagino come possa essere stata prima, da ragazza, coi vestiti e in giro per strada. Magari pure truccata. Io non riesco ad immaginarla così. Però mi hanno pure detto che una volta è andata dal medico per una visita. E le consorelle che l'hanno accompagnata erano tutte incredule perchè Julia...cioè suor Nazarena, si è comportata benissimo, naturale, come se lei uscisse tutti i giorni. Una cosa incredibile. Stava in strada, in mezzo alla gente, come se lo facesse tutti i giorni, ha parlato perfino con l'autista del bus. Poi le ha pure aiutate con le casse di frutta che avevano comprato al mercato. Dicevano che al mercato girava tra le bancarelle. Una persona come le altre, pareva. Cioè, una monaca come le altre. Solo che suor Nazarena non è come le altre, come noi, come me. Se qualcuno mi chiedesse: parlami di suor Nazarena, ecco, io non saprei cosa dire. "

E così anche lei tace su Suor Nazarena. E' quello che voleva, dopotutto.

Ed ecco Padre Giovanni e la Nazarena immaginaria.

PADRE

" Tra un pò questa porta si chiuderà, Julia. E' quello che volevi...."

JULIA

"Sì."

PADRE

"Sola."

JULIA

" Gesù mi ha detto, e mantiene la promessa, di starmi sempre vicino. Pure la Madonnina mi starà vicino. Padre: il Signore non esaudisce i nostri desideri, ma mantiene sempre le sue promesse."

PADRE

"C'è stata una guerra spaventosa..."

JULIA

"Lo so."

PADRE

"Milioni di morti."

JULIA

"Lo so."

PADRE

" I soldati sono tornati nelle case distrutte, alle famiglie che non ci sono più."

JULIA

"Sì."

PADRE

"Grazie alla tua America, adesso siamo liberi. I giovani senza famiglia, molti mutilati, senza casa, senza lavoro, senza soldi, gli orfani, i bambini per strada, la povertà, la fame, la fame, soprattutto questa, le file per un tozzo di pane sotto la pioggia o la neve.... se tu vedessi..."

JULIA

"Ho visto tutto, Padre."

PADRE

"Forse ce lo meritavamo...."

JULIA

" Non bisogna dirlo. E' peccato."

PADRE

" Ricordi Noè? e Dio si pentì di aver creare l'uomo..."

JULIA

"Felix culpa."

PADRE

"Julia..."

JULIA

"Sì."

PADRE

"Il tuo desiderio..."

JULIA

"Nascondermi."

PADRE

"Nel Signore."

JULIA

"In attesa."

PADRE

"Cosa ti chiede il Signore?"

JULIA

"Seguirlo nel deserto.... "

PADRE

"In questa cella..."

JULIA

"E' la povertà di Betlemme e la nudità del deserto."

PADRE

"Neanche verniciato, i riscaldamenti?...L'Eucarestia?"

JULIA

"La riceverò qui."

PADRE

"Il pranzo."

JULIA

"Lo lasceranno alla porta."

PADRE

" Bisognerà darti un nome nuovo. Ci hai pensato?"

JULIA

"Scelga lei."

PADRE

" Quale sarà il tuo messaggio? Che cosa vorrai dire con la reclusione?"

JULIA

" Io non voglio dire niente, Padre mio, io voglio stare qui col Signore nel deserto dove mi vuole. Sarò la Chiesa. Sarò il Mondo. Mi manda qui la Chiesa di Roma. Questa è la mia strada. Ne abbiamo già parlato tante volte. Senta, lo so che è dura da chiedere: ma non deve entrare nessuno qui, escluso lei e la Madre Badessa. Lei mi deve aiutare, Padre, mi deve aiutare a fare questo tipo di scelta. Io risponderò solo a lei, ma lei ha il dovere di aiutarmi in questa scelta di vita: glielo ripeto per l'ultima volta perchè è il Signore stesso che le parla. Qui dentro ci devo stare solo io e da sola. Sono anni che non trovo pace, che giro e mi rigiro...il Carmelo, il lavoro, Roma, sbattuta da una parte all'altra, i confessori. Non ho trovato pace. Ma se questo è il mio posto, e lo è perchè lei me lo dice, mi ci ha portato lei, io devo starci come Dio vuole. Lo farà, vero?"

PADRE

"Lo farò, Julia, lo farò. Stai tranquilla. Per carità, stai tranquilla. Non farmi agitare. Mi devi aiutare a stare in pace. "

JULIA

"Sì, l'aiuterò, ma adesso vada... "

ALVARO

" Vado, vado....me ne vorrei proprio andare infatti.....pure Padre Giovanni ad un certo punto ha mollato Nazarena, neanche lui riusciva a capirla..."

Panico.

Si accendono le luci sul palco. Alvaro ha lasciato i panni di Padre Giovanni (si è tolto pure la veste talare). E' crollato sotto il peso di....

IVANA

" Che succede?"

ALVARO

" Troppo difficile, troppo......." .

E' rientrato nel camerino, si strucca. Gli altri, sorpresi, non capiscono....

RITA

" Regista!!!!"

E' la moglie. Pare una scenetta casalinga. La compagnia è in subbuglio, la recita (o prova) è stata interrotta bruscamente. Gli attori stanno lasciando i personaggi...

REGISTA

" Alvaro, che ti prende? "

ALVARO

" Che mi prende....mi prende che portare suor Nazarena in scena è un problema, ecco che mi prende."

RITA

"Ci potevi pensare prima."

ALVARO

"Ma tu che fai Nazarena, come la vedi? "

RITA

" Devo recitare, mica diventare una monaca reclusa."

Ormai è confusione totale. La prova è saltata. Tutti gli attori si aggirano sul palco come personaggi in cerca d'autore.

PAOLA

"Scusate...."

CRISTINA

" Io tra un'ora devo andar via. Ve l'avevo detto che avevo un impegno. Vogliamo riprendere?"

ROBERTO

" Ero in bagno. Che succede?"

Questo è il falegname.

ALVARO

"Ho sollevato un problemino....poi è entrata la corte marziale."

RITA

"Il regista c'è o non c'è?"

REGISTA

"Devo salire?"

PAOLA

" Io pure devo andare...."

REGISTA

" Il problema non è che cosa dobbiamo fare. La domanda è: ce la possiamo fare a portare in scena la vicenda di suor Nazarena? Lo sapevamo fin dall'inizio che non sarebbe stata una passeggiata... Ognuno di noi qui è, in qualche modo, alla ricerca di Nazarena. Che vogliamo fare? "

LAURA

" Per suor Nazarena io non voglio fare nulla. Lo sapete come la penso."

ROBERTO

" Lo potevi dire prima. "

LAURA

" Io sto qui per recitare una parte, non per immedesimarmi con questa ...Nazarena."

E calca l'accento su ....QUESTA!

ROBERTO

"Annamosene a casa, allora."

Roberto ha partecipato poco alle prove, alla ricerca di Nazarena, a lui, che comunque ha avuto una piccola parte, interessa fare quella breve scenetta del falegname e allentare la tensione drammaturgica.

LAURA

Io voglio andare avanti. Non mi piace la scelta e la vita che ha fatto la signorina Giulia Crotta. Per me l'argomento DIO è altro. Direi: ben altro. Posso dirlo?"

CRISTINA

"Il conclave ha deciso?"

RITA

"Ce lo deve dire Alvaro. E' lui che ha interrotto:"

ALVARO

Stefano, che dici?"

STEFANO

"Nazarena!!!Che forza, che profondità, che esperienza. E' proprio forte 'sta Nazarena!!! Non ce la facciamo a farla bene? Non fa niente. Io dico: andiamo avanti con le nostre forze, poche, e con i nostri limiti, molti. Intanto cominciamo a capirla noi. "

Questo faceva la parte del cognato.

PAOLA

" Non è che una può stare qui....Io c'ho i pupi a casa..."

IVANA

"Nora, che dici? Adesso puoi parlare."

Nora è la monaca silenziosa....

NORA

"Che dico?"

La sua seconda e ultima battuta.

IVANA

" Ecco brava, un'altra domanda. Non basta il copione con tutte quelle domande. "

CRISTINA

" Guardate che io devo andare. Ve l'avevo detto che dovevo andare via prima. "

REGISTA

" Insomma: la volete fare Nazarena oppure no?"

ALVARO

" Stiamo parlando di una donna che s'è rinchiusa per 45 anni in una cella! Come si fa a raccontare questa storia? "

LAURA

" Del tipo: che c'azzecca oggi raccontare di suor Nazarena con quello che viviamo, con la nostra vita di tutti i giorni?"

ROBERTO

" Vabbè, io vado....tanto la parte mia già l'ho fatta....fatemi sapere che decidete....buona serata a tutti...."

Roberto esce.

STEFANO

" Facciamola Nazarena. Facciamola. Non ci pensiamo se siamo all'altezza. Tanto nessuno di noi può esserlo. Che forza!! Che donna!!"

Stefano esce.

RITA

" Regista!!! Riprendiamo?"

IVANA

" Alvaro, ce la fai?"

ALVARO

E dagli...."

CRISTINA

" Scusate..."

IVANA

" Devi andare via. Sì. Lo abbiamo capito. Abbiamo tre minuti per il prossimo annuncio."

PAOLA

" Se non vi andava...."

LAURA

" Rifiuto Nazarena. Si può? O è peccato mortale? Io questa non la capisco, non ci riesco, è fuori dalle mie coordinate mentali.. E dopo due mesi prove non ho cambiato idea."

IVANA

"Perchè oggi il deserto, la solitudine, sono argomenti che non stanno nè in cielo nè in terra. La gente ha paura della vita di tutti i giorni, figuriamoci una scelta del genere. E ricordiamoci che è morta nel 1990, cioè l'altro ieri. E' stata una di noi, del nostro tempo. "

CRISTINA

" Scusate...."

IVANA

" Che v'avevo detto?"

CRISTINA

" Io vado. La parte mia l'ho fatta, no?"

Cristina esce.

RITA

" Alvaro, io vado a casa a preparare la cena. Ci vediamo dopo. Ricorda il pane."

ALVARO

" Pane ? Quale pane?"

PAOLA

" Aspetta, Rita, ti accompagno."

Paola esce.

ALVARO

" Riesci ad immaginare una persona sana di mente che vive in un posto piccolo come questo palco, chiuso al mondo, per 45 anni? Senza mai uscire?"

LAURA

" Hai letto cosa diceva? Per lei la cella era l'anticamera del paradiso."

IVANA

" Proprio tu ce lo ricordi?"

LAURA

" Io sono Laura, lei era Nazarena. A me interesserebbe fare uno spettacolo su Giulia prima che diventasse Nazarena, ecco tutto."

ALVARO

" Sono sconvolto. Io vado. Tanto lo so che pure stanotte mi sveglierò sofferente, con Nazarena in testa."

E pure Alvaro se ne va....

LAURA/IVANA

" Alvaro!!!! Il pane....."

IVANA

" Alvaro è sconvolto. E se lo fossimo pure noi? Pare una storia d'altri tempi, e invece a me sembra un segno di contraddizione per l'uomo di oggi.

LAURA

"Qual'è l'alternativa? Rinchiudersi una cella?"

IVANA

"No. Ma sapere che è esistita una donna come Nazarena, beh, ecco, mi dà una speranza. Non so a cosa possa servirmi questa...speranza.... "

LAURA

"Io la speranza la ripongo nella vita di tutti i giorni. Ciao."

Laura e Ivana si avviano verso l'uscita.

IVANA

" Che casino 'sta Nazarena!........Bah, oggi la reclusione la puoi trovare in qualunque centro commerciale...Che fai, Nora, resti? Quasi quasi dovresti farla tu la parte di Nazarena, stai sempre zitta. Forse sei l'unica ad aver capito qualcosa di lei."

E' rimasta proprio Nora, la monaca silenziosa. Svuota il palco, portando fuori scena mobili e oggetti, eccetto il quadro del Crocifisso che piazza nel mezzo del palco. Esce. Rientra con una Croce sulle spalle che la piega verso terra. Avanza incespicando verso il proscenio. Adagia la Croce sul palco, in terra. La guarda. Tutto è vuoto, deserto, silenzioso. Lentamente ma inesorabilmente, Nora si sdraia sopra la Croce. Le luci si spengono....

Lo sgabuzzino abbandonato sta per diventare la cella abitata da Suor Nazarena. Mirabile strada e pensiero del Signore, come la grotta dei porci di Massabielle, a Lourdes....

"Era il 1934, durante le vacanze pasquali. Una notte, che fu per me una *nox beatissima*, Dio mi accordò una grazia immensa, che trasformò all'istante tutta la mia vita. Per alcuni giorni fui come rapita, fuori me. Mi sentivo in un universo nuovo. Avrei voluto fuggire lontano da questo mondo e da tutto il suo vuoto per seppellirmi per sempre nel deserto, sola con Dio solo. Da quella notte il deserto è rimasto per me una realtà misteriosa che m'incanta e mi attrae con straordinaria potenza. Non ho mai provato, in tanti anni, la tentazione di uscire dalla reclusione. Neppure una volta. Ho sempre sentito gioia e riconoscenza per il luogo che Dio ha voluto per me. Nessun sacrificio è stato troppo costoso. Nascosta per sempre con il Padre, lo Spirito, Gesù, la Madonna, che mi è stata di grande sostegno in tutti questi anni, vivo soltanto la pace. Ora come non mai contemplo con gratitudine questa cella benedetta dedicata alla vita di solitudine con Dio. E più che mai è pieno di stupore il mio sguardo quando vedo la miseria di colei che fu prescelta per abitarvi. Essa non ha nulla per essere degna abitatrice dell'anticamera del paradiso. "

(dall'autobiografia di Suor Nazarena)

Foto 11 La Croce per giaciglio e la porta chiusa, barriera invalicabile, cortina di fede tra il suo mondo e ...il nostro.

CERCANDO NAZARENA

Storia meravigliosa, come una fiaba, quella di suor Nazarena, chiamata da Gesù a vivere e morire in quella (questa) cella. Impossibile imitarla. La reclusa, certo, non ha adepti, non ne vuole. Chiedeva di essere dimenticata, che fossero bruciate le sue lettere, nessuna beatificazione (nel caso in cui...), nessuna notorietà fuori dal Monastero. Eppure viene da chiedersi come mai lo spettacolo teatrale abbia raggiunto un livello di attenzione e di popolarità così esteso. La lunga vita che Nazarena ha trascorso chiusa lì (qui) dentro, dilata le pareti, la storia, gli orrori, la speranza: un'impresa di altissima povertà, di spogliamento, di totale kènosi, il silenzio come supremo e indicibile linguaggio, nella ripetizione inflessibile delle giornate lavorative, il tutto vissuto come una cerimonia dinanzi al Roveto Ardente. Quegli zoccoli, quella veste nuda e cruda...di una perfetta imitazione di Cristo che lascia attoniti.

Amo Nazarena perché vivo un tempo mercificato, globalizzato, appiattito dal grigiume di una perdita d'identità nazionale e familiare (globalizzazione, esterofilia, sdradicamento delle radici, della lingua e del linguaggio - diventato inglesizzato - , dei dialetti, delle tradizioni, tutto un disboscamento vòlto alla parità europeizzante come se tutto questo possa portare alla...felicità [3]), una palude viscida dove il sacro si perde nel profano, se non in peggio (a San Giovanni Rotondo bisogna avere del coraggio o dichiararsi atei per tollerare quello sfarzo *diabolico* che conduce alla tomba di San Pio.) La sua vocazione, portata e vissuta fino all'ultimo, così incomprensibile, così lontana dai nostri affanni, da queste perdite così tragiche per la sopravvivenza degli affetti e dell'anima, mi pare, mi sembra, immagino... che riesca, più d'ogni altra avventura spirituale, ad esemplificare la possibilità di un'altra vita da opporre a questa. Non bastano più i buoni propositi, non è più sufficiente dichiararsi cattolici/cristiani/credenti. Nulla basta ad arginare il Grande Nulla che avanza spietato, inghiottendo tutto. Forse non basta più neppure la Messa domenicale, forse occorrerebbe andare tutti i giorni? Perchè il mostro va dichiarato e combattuto. Solo in questo conflitto può trovare spazio la speranza di portare a compimento il disegno di salvezza che ci è stato dato: così la riduzione dei bisogni, le privazioni, la

[3] Guido Ceronetti ha descritto benissimo nel 2001, questa svendita della lingua: "Ecco il linguaggio cervellare, primato della morte: *brain-work*, *brain-washing*, *brain-storming*, *desk-work*, *drug-mind*, *think tanks*..." E Solzenicyn, nel 1973, profetizzava sull'economia:" Il progresso non deve più essere considerato la caratteristica auspicabile della società. La perpetuità del progresso è un mito assurdo. Occorre realizzare non una economia di sviluppo continuo, ma una *economia di livello costante*, stabile. La crescita economica non solo non è necessaria, ma è perniciosa. Bisogna porsi come obiettivo non l'aumento della ricchezza dei popoli, ma unicamente la sua *conservazione*."

sofferenza solitaria, l'umiltà di riconoscersi impotenti di fronte al compito affidatoci, il coraggio di affermarlo, laddove ci sarà richiesto, gli urti, le conflittualità, la perdita che diventa acquisto (la suprema contraddizione dei Vangeli). Accettare tutto e sfidarlo. Se le proposte che ci vengono dal mondo riescono a non dirci più nulla (perché riempite di tutto) la provocazione di suor Nazarena può illuminare. Occorre coraggio, certo, una metamorfosi, essere compiuti (o tentare di esserlo). La luce, presto o tardi, ci raggiungerà.

Riporto questa pagina di Leon Bloy (citata da Antonio Socci):" Il portiere della storia non guarda le loro (i religiosi, *nda*) ragioni, ma guarda i loro visi. Per cancellare di colpo tante immagini deprimenti bastano dieci visi di monaci perduti in fondo a un monastero o quella contadina spagnola che intravidi un giorno nel più fitto segreto di una chiesetta di Toledo con le braccia allargate in un gesto sovrano, eretta come una regina, mentre pregava in ginocchio. Ma bisogna dunque frugare nei monasteri e nelle cappelle castigliane per raccogliere i riflessi morenti di un fuoco che deve incendiare il mondo?"

Bisogna dunque imbattersi in una vita come quella di suor Nazarena per scrollarsi di dosso queste nefaste abitudini di ossequio ai proclami di un mondo giustamente in guerra con sé stesso?

Vita desolata: la vedo nelle strade intasate, nella fretta di consumare ed essere consumati, vedo questa umanità schiacciata dall'insidia più sottile: quella di poter credere di essere finalmente liberi, mediocremente inseriti in questa civiltà della perdita. Occorre di più, occorre osare e accettare la sfida. L'abile Viktor Komarovsky che seduce Lara giovanissima e poi tenta di salvare lei e Zivago dopo la rivoluzione, passando abilmente dagli zaristi ai rivoluzionari, è un po' il simbolo di ciò che bisogna rifiutare e che ormai non solo è di moda, ma viene insegnato e trasmesso perfino in famiglia. Avere il coraggio di dimettersi da cittadini (come fece Norberto Bobbio alla fine della sua vita in un intervista alla Stampa: "Assisto dolorosamente e impotente alla catastrofe di questo paese. Non scorgo, adesso, vie d'uscita. Con questo pessimismo nel cuore e nella mente, un vecchio come me non può più stare sulla scena.") Ma ricordo altri profeti, come Dino Buzzati, che nel suo diario racconta come visse barricato in via Solferino a Milano durante la Liberazione. (Nel bel libro di Raffaele Liucci, *Spettatori di un naufragio*, si possono trovare altre testimonianze simili a queste.)

Emily Dickinson. Degli scrittori citati all'inizio, forse quella che più si avvicina a Nazarena. In una lettera del 1881, una sua parente scrive ai genitori: "Amherst (la località dove viveva Emily, *n.d.a.*) ha un suo personaggio di cui vi devo raccontare. E' una signora che la gente chiama il Mito. E' sorella del signor Dickinson e sembra racchiudere in sé la quintessenza dell'eccentricità di famiglia. Da quindici anni non esce di casa...Veste tutta di bianco e il suo intelletto è prodigioso. Scrive con grande finezza, ma nessuno la vede, mai. L'altra sorella, che ho conosciuto a un ricevimento della signora Dickinson, mi ha invitata a suonare e a cantare per la madre, invalida...Mi dicono che il Mito ascolterà ogni nota – che sarà vicina, ma invisibile. Non è come vivere in un libro?"

Il mondo contemporaneo sfila ordinatamente sul palcoscenico, sul video, sulla rete o sui giornali e il pubblico gode della sua razione quotidiana mentre, alle spalle, si sfaldano i rapporti, le parole, i silenzi. Il demonio, onnipresente, ha il volto rassicurante dell'imbonitore di turno, del vicino di casa che devolve gli spiccioli, degli stessi familiari che non comprendono, non capiscono "*Cosa c'è che non va? Dopotutto lavoriamo, abbiamo una casa, un futuro per i figli, facciamo beneficienza, ci commuoviamo dinanzi alle tragedie.*" Avanziamo così, barche nella grande corrente del Nulla, perché così fan tutti, perché così vuole il progresso, perché così ci viene imposto. E le Emily, le Nazarene, i martiri (s)conosciuti, restano solo un passatempo per impreziosirci, diamanti preziosi che ornano la nostra dose di mediocrità di asservimento. Per questo alla fine gli attori del testo teatrale si sono ribellati. Vogliono rientrare nella loro ferialità tranquillizzante e non essere impauriti e costretti a....

Oggi si direbbe che questo insano terrore che induce l'Uomo ad evitare argomenti o personaggi scabrosi, lo spinga ancor di più a distruggere le fondamenta della sua figliolanza, non solo Divina, ma perfino quella Umana. In nome dei Tempi Moderni, è lasciato tutto e non per mancanza, ma per eccesso. Non si riverisce nulla e nessuno. Preda di oscure e tenebrose forze, l'Uomo si industria benissimo a far esplodere la Vita. Non si tratta di ordigni, ma di relazioni.

"Ma il mito moderno del progresso inarrestabile già esala l'odore acre della decomposizione. Al suo posto non resta che il nulla. Il nichilismo appunto, che come un buco nero ingoia ogni cosa. Nietzsche ne dà una rappresentazione folgorante in uno dei suoi Frammenti postumi: "Nichilismo: manca il fine, manca la risposta al...perché? Che cosa significa nichilismo? Che i valori supremi perdono ogni valore". All'uomo che incautamente ha rinunciato al Salvatore e ha visto fallire ogni altro ideale e morire la speranza non resta che consumare con voracità tutto e subito, per non pensare e sentire il morso intollerabile e ferale del vuoto. La vita si trasforma allora in una lotta contro tutto e contro tutti, per assicurarsi subito quanto più beni e piaceri è possibile, e diventa una corsa veloce e spensierata incontro alla morte che, indifferente ai nostri quotidiani scongiuri, ci sorprende sempre più crudele e beffarda." (Padre Giacobbe Elia).

La salvezza è altrove. Già Piranesi, nelle sue incomprensibili *Carceri*, aveva visto. Così Kafka, biblico profeta, nella sua colonia penale di Praga, così oggi i nuovi eremiti, la reclusa...iniziata la sua vita nell'utero della madre, la cella può essere vista come un nuovo utero, dove Gesù la plasma per farla partorire il 7 febbraio 1990 (memoria di san Romualdo, camaldolese, come lei) alla vita eterna.

Una sera ero ad un ristorante e ad un tavolo accanto al nostro si siede una famiglia, due giovani genitori e un bimbo messo su un seggiolone. Marito e moglie hanno acceso i cellulari e hanno conversato o giocato o letto, ciascuno sul suo. Tra una portata e l'altra, riuscivano a guardarsi e a dire parole di circostanza, mentre il bimbo era lì, immobile, buono, senza pretendere nulla, né piangere per la mancata attenzione da parte dei genitori. La cena di questa famiglia è andata avanti così, li osservavo tra una facezia e l'altra dei miei amici e quello sguardo del bimbo non m'ha più lasciato. Uno sguardo di non sai quale incomprensione, assenza, lontananza, inutilità. Pareva un giocattolo. E m'è venuto in mente, proprio allora, un altro sguardo, quell'immenso gorilla chiuso in gabbia in quello che anni fa era lo zoo di Roma (ora bio-parco). Lo stesso sguardo spento, rassegnato, la consapevolezza dell'inutilità del tutto, della gabbia ferrigna, dei passanti che osservavano e passavano oltre, dei bimbi con le noccioline che ridevano, ignari. Poi il bimbo venne preso in braccio dalla mamma e s'addormentò sulla sua spalla.

Non mi tiene compagnia, Nazarena, come lo scorso anno. E non sono più tornato alla cella. Ho le sue lettere, qui dinanzi, e la classica biografia di Thomas Matus. Ascolto il suo silenzio, immagino il suo corpo vecchissimo piegato a cucire le palme, quel suo cuore ora glorioso battere sempre, per sempre...

Ed ora tocca a voi accostarvi al mistero Nazarena, a voi, assuefatti al grande, atroce vocio del mondo, questo pauroso inganno dell'anti-spirituale che pretende di dire l'ultima parola, che non tollera voci contrarie, che non ammette nulla al di fuori della carne, della scienza, dell'economia, della regolamentazione unica del pensiero. *Loro* non gradiscono.

Quindi, avvicinatevi, se non avete paura di pensare... Entrate nella cella, se non soffrite di restare soli e inascoltati, provate a lambire questa pura follia, l'incomprensibile è dinanzi ai vostri occhi. La fiaba è lì, meravigliosamente inattuale, paurosamente attuale.

NAZARENA TROVATA

Mi accomiato da Nazarena. Tutto l'indicibile, l'inafferrabile *mistero* della sua vita è racchiuso nella sua incessante preghiera.

La vita di Nazarena è stata soprattutto un'impresa di altissima nobiltà, le gesta di un cavaliere alla difesa di un mondo che sta per naufragare nel Nulla.

La sua vita: un poema scritto sull'acqua, un'Odissea che ha trovato la sua Itaca nella cella camaldolese.

E così ho finalmente imparato ad amare questo Tempo, il mio Tempo, e non parlo del Tempo della tecnica, della globalizzazione, della mortificazione dei rapporti umani, della disgregazione della famiglia: amo il Tempo che devo vivere, della Bellezza, della Grazia, del Rito che stanno per scomparire, questo tentativo quasi soprannaturale per (ri)trovare lo sbocciare della rosa in pieno inverno.

La presunzione del titolo (*Nazarena trovata*) sta tutta qui: trovare Nazarena, lasciandola, e lasciare che la preghiera risuoni come una melodia, un respiro, una poesia: "La poesia non aiuta a vivere se non in virtù della pura bellezza" (Cristina Campo).

Bellezza, *la quarta virtù teologale*: "E Dio vide che era cosa bella." (bella, anziché buona).

UNO

L'Amore

È una tensione

E una distensione

Verso un'antica unione:

e si è subito uomini –

DUE

La conchiglia ove più non risuona

Lo sciabordare dell'onde, la conchiglia

In quiete, *tempo di pace*, ove tempo non tuona

Perché *perdita di tempo* sulla Tua eterna ciglia.

TRE

Il mistero della Luce
Riconduce l'onda alle sorgenti –
Fiaba che induce
L'acqua a morir tra labbra e denti –

Ecco Silenzio, celeste sfiato
Che accoglie il mio messaggio.
Dov'è il Tuo passaggio
Lì v'è un uomo appena nato.

QUATTRO

Il mondo fende

La memoria.

Ma non rende

Che scoria.

Solo

Chi tace

È in volo

Per la pace –

CINQUE

Sapienza nutre la Colpa –

Sgretola il tuo pensiero

Tra il Divino e il Vero –

Troverai il nocciolo e lascerai la polpa –

SEI

E

Nell'

Ottavo

Giorno

Mordere

Acqua

SETTE

Matura il raccolto

Nell'autunnale focolare

Ove un fanciullo culla la bocca

E lambisce l'eterno in un soave:

Così sia

OTTO

E poi, se trasfigura il Nulla nel Tutto
L'uomo del malgustato frutto
Si perde e si rinnova nella Croce
Come fiume nel mare per la dolorosa Foce –

NOVE

La cattedrale d’un fiore

S’è estinta poc’anzi –

Mormorano i suoi avanzi

Nel respiro che muore

DIECI

Nazarena, la cenere dell'ore

Lambisce

Questo mio gesto d'amore –

Il Tuo nome perisce

Nel fragore

Del diniego -

Maturo nel dolore -

Più non ragiono - Prego –

UNDICI

DINANZI UNA NICCHIA DELLA VERGINE

FIORI ED EX VOTO

Ecco la Figlia bruna,
preghiera in cammino –
vespro d'estate
nel deserto assurdo.
Prima c'era l'Uomo –
Ultima venne la Madre –
E l'infinito si placa
Tra le Sue mani giunte.

DODICI

FIGURA DEL CRISTO SULLA CROCE

Fiore che per altri lutti
Reciso s’inchina
Gronda e trabocca
Dalla terra pia-

Notte nuziale:
è la Vita che sgomenta il nulla –
Rasserena ad un notturno incrocio:
la Luce imbavaglia la parola -

Sfibrati i rami e il tronco,
le radici ci parlano con Sapienza.
E mutano la vita in penitenza –

TREDICI

Nessuno porge l'anima

Alla conchiglia muta

POSTFAZIONE

Nazarena "nasce" presso la nostra Casa di Preghiera di Grottaferrata. Un progetto teatrale volto a portare in scena figure di mistici che hanno dedicato la loro vita alla preghiera d'intercessione, proprio come fece il nostro amatissimo Sant'Annibale Maria Di Francia col suo prezioso ed eterno Rogate. Appunto: rogate, pregate per ottenere buoni operai nella messe. Non è ciò che ogni giorno si attua nella Casa di Preghiera e in tutte le case dei nostri confratelli: "Pregate il Signore della messe, perché mandi operai per sua messe" (Mt 9,38)? E' ciò che è stata suor Nazarena nella cella della reclusione, ricreata sul palco e raccontata in queste pagine. Comunione dei Santi, Mistica della Riparazione (come scriveva don Divo Barsotti). E così, nel progetto di riapertura della Casa di Preghiera di Grottaferrata, Nazarena si è sentita subito a suo agio e ha come dato il suo placet al progetto (si potrebbero raccontare una serie di gustosi fioretti a tal proposito). Suor Nazarena ha votato la sua vita ad intercedere per un mondo provato da una feroce e disumana guerra e poi per una pace già insanguinata da altre guerre, altri sfaceli. I Padri Rogazionisti l'hanno subito sentita perfettamente inserita nel contesto che si stava sviluppando. Anche noi abbiamo votato la nostra vita ad un'incessante orazione perpetua e se suor Nazarena è stata camaldolese, ora, possiamo dirlo con un pizzico di gratitudine, la sentiamo anche un pò rogazionista.

I padri Rogazionisti

Le fotografie di Domenico Nardozza

Durante il cammino della nostra vita andiamo talmente veloci che immaginiamo la nostra unica vita la sola modalità possibile. Ma spesso succedono eventi che ci fermano, eventi che costringono a pensare, a riflettere, eventi dovuti spesso al dolore, ed è in questo squarcio di realtà che riusciamo a percepire che qualche cosa di differente cammina insieme a noi in silenzio. Esistono mondi dei quali non supponiamo neanche l'esistenza, mondi dove la vita delle persone si svolge con un tempo ed un moto completamente diversi dal nostro. Mondi che probabilmente non incontreremmo mai se non accadesse qualche corto circuito, qualche "crack", che ci interrompe la corsa. Mondi paralleli. Sono tantissimi e forse ognuno di noi ne ha uno addirittura dentro. Io uno di questi mondi l'ho incrociato proprio durante un periodo di dolore grazie ad un invito, e un po' per gioco e un po' per curiosità, per un'ora e mezza sono entrato nel mondo di Suor Nazarena un suora reclusa dal 1945 al 1990 in una stanza del monastero di Sant'Antonio all'Aventino.

Entrare in un mondo parallelo ci permette di toccare, vedere, respirare lo stesso luogo essere illuminati dalla stessa luce dell'altro. Significa vivere per qualche momento la stessa esperienza di Suor Nazarena dove oggetti, luoghi, pensieri, immagini ci descrivono i fatti connessi a quel mondo, ci parlano dei suoi pensieri muti, delle sue preghiere, della sua dolce manualità nell'intrecciare le foglie di palma. Entrare nel mondo di Suor Nazarena significa confrontarsi con la sua sensibilità, con la sua fede tanto da riuscire a raccogliere il suo profondo messaggio. Entrare in contatto con lei ci aiuta a comprendere quanto può essere vasto l'animo umano anche se solo apparentemente rinchiuso tra le quattro mura di una stanza spoglia. Incontrare un altro mondo può aiutarci a comprendere meglio gli altri e ad esser più indulgenti verso il nostro prossimo, può aiutarci a comprendere meglio l'inafferrabile scopo della nostra esistenza proprio perché diventiamo anime di una stessa storia.

NOTE PER I LETTORI

La cella di Suor Nazarena è visitabile la domenica mattina al Monastero di S. Antonio Abate

dalle ore 11 in Via S. Sabina 64, Roma

(si consiglia di telefonare): Tel. 06 5750516

Libri di riferimento:

Emanuela Ghini, Oltre ogni limite, ed Piemme 1993 e poi ed. OCD 2007

Thomas Matus, Nazarena, una monaca reclusa nella comunità camaldolese, ed. Camaldoli, Pazzini, 1998

Fr. Louis-Albert Lassus O.P., Suor Nazarena reclusa, Ed. Kolbe 2017

In copertina NAZZARENA con raddoppio della zeta, cosi come si pronuncia a Roma, dove lei ha trascorso gran parte della sua vita.

Printed by Books on Demand GmbH, Norderstedt / Germany